目次

I

現代短歌クラシックス
02

砂の降る教室

石川美南

II

Ⅲ

I

砂の降る教室

大学がF市に移転したのは、二年程前のことである。

＊

古いキャンパスにゐたころ、私たちの朝は、砂をぬぐふことから始まつた。朝登校してくると、机も椅子もうつすら砂をかぶつてゐる。老朽化した教室のどこからか大量の砂が侵入し、夜のうちに一面に降り積もるのだつた。鼠色の砂が掃いても掃いても掃ききれなくなつた夏、移転が決まつた。

》2000年7月　──移転前、最後の月

世界の耳にサバナの夏を流し込めあらゆるヘッドホンを奪ひて

天井に穴の開きたる教室で海の計画など立ててゐる

わたしたち全速力で遊ばなきゃ　微かに鳴つてゐる砂時計

とつておきの死体隠してあるやうなサークル棟の暗き階段

目に刺さる光欲しくてシンバルをランプシェードの代はりに吊りぬ

眠りつつ聞く講義にて陽だまりへ練りはみがきの蛇を描く夢

黒板の音声字母が剝がれ落ち椅子に机に［ʃaka ʃaka］積もる

飲み干したる旨茶（うまちゃ）の缶を捨てにゆく楠の大樹の横を通りて

はつなつの芝生のうへに右利きの恋人ばかりゐるつまらなさ

体育館の窓どくどくと脈打ちてスペイン舞踊部の活動日

キャンパスの移転を告ぐるポスターに（泣）と大きな落書きがある

今日までにくぐり抜けたるトンネルの数競ひ合ひ僅差で負けぬ

山手線二駅を共に帰るためサボテンに水やりながら待つ

「怒つた時カレーを頼むやうな奴」と評されてまたふくれてゐたり

垣の上を歩く遊びが少しづつ苦手になりて七月の鬱

人多きところへ急ぐ　ベジャールに振り付けられし木立を抜けて

「你只是朋友（にいぢいしいぺんよう）、朋友（ぺんよう）」唱へつつロッカーの戸をべこりと鳴らす

夕暮れを待つ講義棟　砂浜にむかし煉瓦の城を建てにき

〈永遠〉に触らぬやうに校庭の中心を避け投ぐる硬球

親知らずの治療控へてゐるごとき夕立雲を見上げをるなり

想はれず想はずそばにゐる午後のやうに静かな鍵盤楽器

校門に朱きペンキを塗りたくり、そしてある日の暮れ方の事

西ヶ原書店閉まりて夕焼けを呑みこむ町へ行くのだといふ

木洩れ日が壁に描くのは冬眠と冬眠の間の短き日記

〉〉２００２年５月　――今日、久しぶりに古い校舎に忍び込んだ。

静脈のやうな配線ひかりをり忘れられたる校舎に入れば

半分は砂に埋もれてゐる部屋よ教授の指の化石を拾ふ

ロッカーは開け放たれて風を呼ぶ儀式終へたる後のしづけさ

さびつきてひらかない戸は㊋の字のところをそつとノックしなさい

嬉しさうな頰が似てゐき酒樽を抱(だ)くポルトガル人のポスター

わたしだつたか　天より細く垂れきたる紐を最後に引つぱつたのは

くすくすくすくすの木ゆれて青空を隠すくす楠の木ひとりきり

講堂に積もりゆく砂（一年も経つたらみんな飲まれてしまふ）

四月

六着のコートを連れてクリーニング店へ繰り出す　春となるべし

うつとりと眠れる鳩を拾ひにき雨あがりたる上野へゆきて

触れられしところに触れてみる夕べ窓に昨日の海は来てゐる

満員の山手線に揺られつつ次の偽名を考へてをり

四六時中見らるるは憂し明け方は肩回しなどしてゐる桜

シャーペンの芯ぴちぴちと折りながら怒ツテヰルと口には出さず

どうやつて捨ててやらうか抽斗に仕舞ひきれない光の束は

なにやら白きものが地面を覆ふかな　ここではきものをおぬぎください

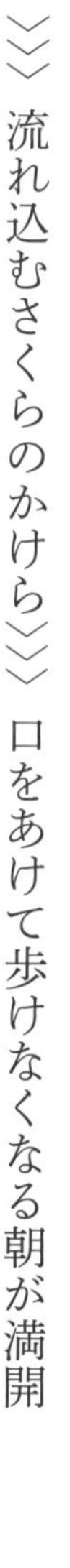

》流れ込むさくらのかけら》口をあけて歩けなくなる朝が満開

はるからなつ

結(ゆは)いてもまた寝ころんでしまふならぼさぼさ髪のまま野原まで

〈いちめんのなのはな〉といふ他なきを悔しみ菜の花の中にゐる

どつちにもいい顔してと責められてふくれてしまふやうな菜のはな

おまへなんか最低だつて泣きながら言はれてみたし（我も泣きたし）

文法書をこりこり齧る音のする教授の部屋の扉を叩く

図書館の隅で眠らむ　顔の前にタージマハルの図版を立てて

決別で終はるページにいつぱいの＊（アステリスク）をつけて返しぬ

ごそごそと齟齬ある午後よ助動詞のことで男を怒らせてゐる

もつと熱き喧嘩するためスペイン語を習ひ始めぬ　verdeは緑

オットセイと罵(ののし)りあへる夢を見し朝ひつそりと目方をはかる

とてつもなく寂しき夜は聞こえくる　もぐらたたきのもぐらのいびき

風はうすき日かげを流れくさりたるくちなしを食べたがる弟

飲み会をふたつ断わり海上に来てゐる風を受けに行くべし

亀が亀の甲羅にのぼる爪音のざらざらと海に夜は来てゐる

海底の匂ひをつけて帰る人　開けつぱなしのピアノのやうに

突風に煽られやすき羽のままそのまま飛べ、と囁かれたり

歌つてゐるとまた雨になる　欲しいのは世界を食べてしまふ箱庭

この虹は一番奥の本棚に戻しておいて、dear 図書係

punch-man という同人誌があった

飛行船――ある日突然贈られしリング・ネームの眩しきひかり

風の吹いた日

正座する犬に気づけばたぷたぷと夕陽は空を流れてゐたり

雨消えて犬日和なり　草原へ我も両耳たてて赴く

イギリス映画の端役のやうに悠然とラブラドールが雲曳いて来る

足元にテリアの群れを散らかして老女は遠き思ひ出ばかり

見も知らぬ女に付いて行きたがる仔はマンゴーのごとく笑みつつ

流し目の練習などもしてゐるか狗尾草に寝転びながら

見てしまふ　背広の人がしんしんと愛犬の耳齧(かじ)つてゐるを

チューバ氏が犬を呼んだら午後六時みんなとぼとぼ家(うち)に帰らむ

スキップ

はしご車がふいに恋しくなる朝(あした)無傷の空を見上げてゐたり

空つぽの水筒持ちてみづうみに沈める羊雲盗りに行く

深谷町にハーモニカ隊来る朝の町長のうるはしき朝食

よく磨けばちよつと奇麗になるやうなならないやうな朝の洗顔

アラビア書道家本田孝一氏に

少年は砂漠の雪を見てゐたり噴きだしながら訝りながら

百匹の猫引き連れて海に行く気分　にやりと君が笑へば

カレンダーの細き一行　海岸を思ひて笑ふ口がはみだす

スキップがオリンピック種目となる夢かぷかぷかぷと語りつつゆく

夕闇に顔を向けつつ狂はしき電波を待つてゐるアンテナよ

みるくみるくはやく大きくなりたくて銀河の隅で口を開けをり

助走なしで翔びたちてゆく一枚の洗濯物のやうに　告げたし

ロマネスク

桜桃の限りを尽くす恋人と連れ立ちて見に行く天の河

大男と凭れあひつつシャガールの即売展にケチつけてゐる

走り出せ青いロバども〈売却済〉シールを片っ端から剝がす

直毛の一族ですね　流れ星ながるる夜の短き湯浴み

今しばらく貴方と遊ぶ太陽の斜め具合を確かめながら

子どもたちたつぷり触れて覚えなさい枇杷の肌琵琶法師の眠り

3インチほどの迷ひでありました「ください」と手を差し出すまへの

手品師に書く、手紙書く、てのひらの微かな温み感じつつ書く

黄桃色のひかり当たれるピアノからうつかり生えてくる矢野顕子

ことば絶え果てて夕暮れ　こひびとはコーヒーゼリーどろどろと飲む

書き終へたるふみ大空へ放ちつつ桜桃せよ桜桃せよ今宵

文化祭にて

裏打ちの巧くなりたる八月に緋色の靴を欲し始めき

もうずいぶん異国の身体　ふつふつと十二拍子を求めてゐたる

花柄の娘十人重なりて呼気吸気混ぜてゐる舞台袖

世界中の紙ざわざわと鳴り出だす予感溜めつつ開演を待つ

*

手拍子の湧きあがりたるところより踊り始まる ¡ole! ¡toma, que toma!

スカートの裾ひるがへし、口をあけて観てゐる男どもを飲み込め

カンタオーラが咽喉より絞り出す声は縄文土器のやうに乾きて

ああ鬼がもうすぐここに来るここに来る地底、脚（あし）、腸、胃を抜けて

手首のこと思ひつつ舞ふわたくしの手首をもつと好きになれたら

ヒターノの言葉で恋を叫ぶのはおやめ、泣き出しさうな青年

水を水をフットライトに照らされて夕映え色に煮えたつ水を

加速してゆく靴音の鋭さにああ鬼嬉しくてたまらない

ステップを踏み間違へて私だけ魔術を解いてしまふ寂しさ

煽情的で御座いましたと褒められて頷いてをり王妃のごとく

*

注

ole（オレ）　フラメンコの代表的なハレオ（かけ声）。意味はない。

toma,que toma（トマケトマ）「さあ、しっかり」といふ意味のハレオ。

カンタオーラ　女の歌ひ手。

ヒターノ　ジプシーの男。

竹降る

梅雨を飲む咽喉こくこくと　鎌倉は緑の中に埋もれゆくなり

気難しさうに眠れる紫陽花を背負ひて雨の石段を行く

実朝が軽き頭痛を訴へてだらだらと寝てゐるやうな海

白い僧が雨の奥より現れて朝から待つてゐましたといふ

修行僧盗りて帰らむ紫陽花がはつかに首を垂れてゐる間に

竹降ると天気予報に告げられておもむろに傘閉ぢてゐたりき

死びと住む夏

向かひの家の熊次さんは、祖父の遊び仲間だつた。

明け方の網戸に来たる油蟬がなきだすまでの数秒に　死は

百文字の回文を考へてゐるやうな葬儀の列に加はる

前日も蕎麦をもりもり食つとつた　路面に水を撒いてゐる祖父

碁会場に入つてゆけぬ熊さんはぬるき廊下にぼやんと立てり

ポスターを破つて歩く怪人が町の子供を脅かす夏

気味の悪い生きものとしてのんびりと死を語り合ふ囲碁仲間たち

お祖父ちゃんの白い碁石を口中に含んでふいに恐ろしくなる

なまぬるき夜風／生きたし／怒る姉／生きたし／怒りながら／生きたし／

Ⅱ

放課後の蛙　～アール・ヌーボー展

ガラスケースに眼鏡のふちをぶつけつつ青き花瓶に見入つてゐたり

ゆりひらく音・百合縮む音きこゆエミール・ガレの硝子壺より

野あざみのごとく額をかがやかせ泣き叫びたる十歳の夏

*

蛙跳びで行つたら少し早く着く雨雲途切れたる校庭へ

仲違ひ始まりさうな夕暮れをいきなり笑ふスプリンクラー

マンホールにそろそろと耳当てて聞くみみず一家のいがみあふ声

スプライトで冷やす首筋　好きな子はゐないゐないと言ひ張りながら

西へ行く蜻蛉を追ひて飛ぶ夕べ眼下の野原熱持ちてをり

隣の柿はよく客食ふと耳にしてぞろぞろと見にゆくなりみんな

厳粛な告白ののち少年はティンパニの真似してふざけたり

飴色の橋を渡つて帰りにき捨て子ごつこもしみじみ飽きて

おまへんちの電話いつでもばあちやんが出るな蛙の声みたいだな

くわくわと輪唱つづき父母の秘密もやがて喋つてしまふ

*

窓がみなこんなに暗くなつたのにエミールはまだ庭にゐるのよ

ふるさと

夢はめぐる　ある朝祖父がゆゑもなく怒りて伐りし樅の木陰へ

水緑(あを)きプールの下で鬼と会ふこころ　小学生は憂鬱

鬼たちと「故郷の空」を歌ひつつ故郷がどこかまだわからない

紫陽花の甘き笑顔を浮かべをる従姉・叔母たち近くへ来るな

拾ひたる捨て猫をまた捨てにゆく思ひ出のごと　ひらく雨傘

日時計がふざけてそつぽ向くことも寂し　卒業近き校庭

久しぶりに訪ねてゆけば鬼たちはあわてて何か戸棚にしまふ

二度と許してくれないだらう水たまりの主（ぬし）をひとたび忘れたること

たしか、その夏

雲は山より湧き出づるもの　おろしたての修正液の瓶を振るごと

虫籠を二時間かけて選びたり森の暗闇ども覚悟せよ

近眼のエリコ（あだ名はマヨネーズ）今日ものそのそ付いてくるなり

くろりんの家で今ごろ待つてゐる家庭教師の鼻は糸杉

宿題の話は禁句　一日中忘れたふりの巧き野アザミ

虫籠に三面鏡を入れておく太り過ぎたるクワガタのため

樺の葉の一枚づつが音をたて夕立を空に弾き返すぞ

昔ここに滝は在りきと少年はきつぱりと言ふ　べそをかきつつ

マヨネーズが珍しい茸を見つけたと後ろの方から報告が来る

鬼ごつこにたうとう飽きて座り込む茸を網で捕へて帰る

かさぶたを落としてきたる弟はうろうろと捜しにゆくらしき

振り向けば山頂辺りつやつやと光れる夏の後ろ髪見ゆ

草とばかりしやべつてゐると授業中突然笑ひだしたりもする

一ヶ月分の天気を手分けして調べてゐればしづしづと秋

宿題の忘れた振りを続けたるくろりん　ぢつと怒られてをり

１００m

四桁の数字を胸にはりつけて胸はりて入場の駆け足

魂を見せつけながら走りたし埃まみれのトラックの中

ピストルを手にするときのときめきを顔に出したらだめよ、先生

撃たれたる空の痛みを思ひつつ体育座りで順番を待つ

走り出せば走る走れる走るのみあらゆる比喩の言葉を離れ

弟の声を聞きつ、と思ひたる一瞬に追ひ抜かされてゐる

ゴールラインに近づきながら手も足ももう言ひ訳を考へてをり

席替への朝

始業ベル背中に浴びて走りにき高野豆腐の湿る廊下を

席替への朝のざわめき　隣の子がノートに雲の絵を描いてゐる

トラックを半周すればもう胸に木の芽ゆらゆら開（ひら）き始めぬ

グリンピースの缶づめ好きで何が悪い　小石のやうな意地を張りをり

鬼灯を提げて川辺を歩むとき阿部さんがいちばん怖かつた

たちの悪い天使のやうな白雲に取り囲まれて泣いてゐる夏

ずるいずるい猫も車輪も弟も七月の風みたいに駆けて

いづれ来る悲しみのため胸のまへに暗き画板を抱へてゐたり

はぷすぶるぐ、

草よりもばつたの多き菜園に口笛の神渡りゆく見ゆ

硝子瓶の光る速さに口癖を移しあひたる理科部の一日

化学室に諍ひあれば透明なものらの影も揺れ始めたり

烏瓜木に木に下がり響きくる祭ばやしを身に蓄へつ

虫捕りの少年のごとき瞳して日々訪ね来る祖父の碁仲間

西風の指の先のみ触れてゐてイネ科の猫は咽喉を震はす

台風の到来近き空に向かひあかき茸が口をあけをり

カーテンのレースは冷えて弟がはぷすぶるぐ、とくしやみする秋

約束

みどり深き真夏の桜夕刻はピカソの妻の横顔を持つ

ホームにも森の孤独を運び来ぬ釜飯売りの咽喉に棲む蟬

真珠抱く貝にも似たり海風をはらみて光る祖母のスカート

まだ君が全てではなくうすあをき銀杏の影に身を浸しをり

さかさまに持ちて燃やせばめらめらと舞ひ始めたる線香花火

獣獣…書きゆくほどに獣の目漢字練習帳に増えゆく

ぎらぎらの暴走族の一団が花火見むとて並んで座る

成分のことは語らぬ約束で花火見てゐる理科部一行

火の神が空に投げたる風鈴の千に砕けし音ぞ涼しき

花火どもの宴ややうやく静まりぬそつと帰つておいで、満月

春の本能

雪とけてはるかぜやまのてつぺんにねぼけ眼のをのこ立つ見ゆ

鬼たちの心揺らめく季節（とき）なるか山に緑の炎灯りぬ

おろしたての六ヶ月定期のやうな罪ひとつあり（鞄にしまふ）

相聞歌作り置きせる姫君の昼寝のごとき雲にじむ春

君出でて恋歌うたふ明けの夢ぞなむやかこそ心乱るれ

ライオンの本能のごとき風ふけば草は一斉に伸びはじめたり

底抜けに明るき人と別れ来て胸に転がす青き桃の実

梨花一枝春ノ雨帯ビ　ゆふはりと忘れゆきたる人の名ありき

朝窓にあらびあの風　背の高き女真白きシーツを干せば

色浅き皐月の空に浮かびをる穂村弘の眼鏡雲　かな

受験生だつた

電柱が急にがうがう騒ぎ出づゴッホが冬を摑んで来ると

筆記体の文字で編みたるセーターをびつと着込みて塾に通へり

ひそやかに天動説は囁かれ　冷え極まれる一月の夜

家々に氷柱(つらら)を配る老人が静かにくしやみしてゐる夜更け

絹の道(シルクロード)の空買ひ来しと袋より母は大きな皿を取り出づ

深谷町の谷底近き病院に猫ゆるゆると集ふ午後かな

面接の順番待ちの列ながく皆ぐにやぐにやと顔を撫でをり

階下よりコントラバスの登り来る足音聞こゆ発熱のとき

外したる眼鏡につきし指の跡砂丘に見えてふいに寂しき

動物園の夢

人の目のまぶしき昼を過ごさむとしづかに布をかぶれるゴリラ

昨夜(きぞ)君が夢に見しとふ縞馬が今我が前をよぎりたるらむ

怒る岩（またの名を犀）眠りつつかすかなる地のざわめきを聞く

恋人が欲し、と呼びつつ白熊が遠き空より駆け来る音す

フラミンゴの群れの前にて腰痛にならぬかと問ふてゐる老婦人

出港をにはかに決めし人あらむキリンが首を持ち上げしとき

高き檻の内外にゐて面白きカバ、テナガザル、恋ビト、コドモ

貧血は季語

好きな野球の話をしても生返事ばかりの鯨　春になるのか

アン王女髪切り直す春となり桜さくさく踏みつつ歩む

アラビア語大地を這ひてあらはるる匂ひか野辺の方より来たる

駅員に抱き起こされて目覚めたりけやきの芽ほど淡き貧血

くちもとのキリンに似たる駅員が線路に落ちし傘拾ひをり

衣替へ面倒くさくのろのろと黄緑のシャツ出してゐる山

前を向くフランス人形の正しさに講義進みて長き木曜

会話から夕日を抜けばうろたへて　あくまで我に優しき人は

ジュリー・アンドリュースのやうな青空に疲れて今日は森へ行きたし

完全茸狩りマニュアル

茸（きのこ）たちの月見の宴に招かれぬほのかに毒を持つものとして

覗き込む人だけが白きひだを見る　おいでおいでおいで森の奥まで

道端にしやがめる茸　天候の話だけしてまた横を向く

迷ひたる賢治に道を教へきと大法螺吹きの万年茸は

なにがあつたかわからないけど樅茸(もみたけ)がいぢけて傘をつぼめてゐたよ

「毒きのこ、しかも猛毒」いそいそと茸ノートに書き入れてゐる

新聞紙、ナイフ、手袋、虫眼鏡、コンパス、手帳、助手のワトソン

むせかへるほどに舞茸　スペインの女に暗き昼寝はあらむ

桜しめじ墨染（すみぞめ）しめじ釈迦しめじ平安びとは舌鳴らしつつ

笑ひ茸を食べし尼僧が笑ひつつ飛び出してくるやうな満月

夢のつづきは明日話さむ　鳥たちの眠りの中を照る月夜茸

昨日見し茸は旅に出たるらし雨の少なさに機嫌をそこね

伸びよ　今降り始めたる霧雨を壊されやすき肩で吸ひつつ

III

もみぢ

暖かき午後の続けば青々と風に吹かるるもみぢ　恋など

私事（わたくしごと）ばかり話してゐたりけりもみぢの真似が得意な人に

手招きは無意識のうち　ひかりつつハウチワカエデハウチワカエデ

太陽に真近き枝を見上ぐれば運命線の太き一枚

高熱の子どもを抱き千の眼で笑ふもみぢの下を通れり

見捨てられし女王のごとく静かなる瞳を持ちて眩しき銀杏

乾きたる地面をめがけ降つてくる「もみぢ」の終止形を答へよ

A町商店街

駅前の商店街には、小さな抜け道が数へ切れないほどある。
小さい頃からよく此処で買ひ物をしてゐたのに、
いまだにどの道に何の店があるのか、覚えきれずにゐる。

夏休み中の娘がぼそぼそと片付けてゐる缶詰の棚

壁一面にアメリカピンは輝きて新興宗教のごとき薬局

人知れぬ悩みはあれど　魚屋は発生練習してから眠る

新調の眼鏡似合はず眼鏡屋をクビになりたる男ありにき

この道が桜並木につながると子らは王墓の秘密のやうに

どこまでもへこむ笑くぼを欲しつつ路上に並ぶ桃を見てをり

駅ビル計画が進んでゐる。
ビルが出来れば、この辺りの店は皆その中に組み入れられることになつてゐるらしい。

噂話は日陰に溜まりひやひやと「花屋は百合の匂ひが嫌ひ」

笑ひ皺に取り囲まれて和菓子屋の女すあまを三つ包めり

座敷童子を造れる男このごろは墓石ばかり彫るのに飽きて

町に住むつばめの数を聞くために巡査を揺すり起こしてゐたり

しんしんと謝つてゐる声すなり黄昏（たそがれ）写真館の奥より

子供らよ梅ぢつちやんは知つてゐるぞ迷子になつたふりなどしても

夏祭に話し嫌ひの神主もひよつこり顔を出してゐるかな

口うるさき老婆また来てたこ焼き屋の隣はラムネ屋にしろと言ふ

夏祭の神輿は、商店街の細い道を擦り抜けるやうにして通つてゆく。
ビルが建つたら、神輿は何処を行くのだらう。

神輿担ぐ女ぎらぎら笑ひつつ珈琲店の窓を震はす

やはらかき告白の出来ぬくちびるは縁日で売り飛ばしてしまへ

ネロ帝の生写真など交ざりをり少女のコレクションを覗けば

ヨーヨーやラムネの瓶や王冠を提げて寂しき男は帰る

「大丈夫明日になれば赤や白の金魚はみんな死んでしまふよ」

夏祭が終はれば角の眼鏡屋も長き休暇に入ると聞きぬ

駅ビル計画が実行される前に、商店街の抜け道を全部覚えてしまふつもりである。

（なべのふた泥棒に捧ぐ）

最近、奇妙な盗難事件が相次いでゐるといふ。

荒みたる部屋に帰ればすつぽりと鍋の蓋のみなくなつてゐる

街中の鍋から蓋がなくなりて飛び出してくる蛇・うさぎ・象

百枚のふたを抱へて去りゆくは長きまつげのをとこなるべし

盗人はさみしよ鍋の煮南瓜をがさつと持つてゆくこともなく

澄みきつて夜　わたくしは持ち去られしなべのふたなど恋ひつつぞある

蓋ばかり並びをるらむ遠き街で開かるるとふ青空市に

だぶだぶ

くよくよと席に着きをりこの朝も入道雲を呼び出だせずに

鳩小屋の騒ぎおそろし飛びたがる子をおろおろとなだめてゐたる

雨のふる　さらさら雨のふる午後の君はさらさら雨の話を

くちをしかれどやつぱり若(わか)しどきどきといふ平凡な音を響かす

口下手は致命傷なりだぶだぶの言の葉ばかり使つてしまふ

はらからがはらはら泣きて駆け戻るゆめよりさめて歯の奥いたむ

恋人を連れて歩けるひとを見しみしみしと染みてくる空のいろ

祝福のこゑはぼそぼそ　古びたるうづらたまごのやうに僻みて

にこにこと笑ふばかりの兄上はにまめにまいめお別れにがて

きしきしと肩、こそこそと帰る道、さよなら今日もドアが開かない

点滅

「二、三年寝てゐた方が良いでせう」春ゆるみゆく内科医の声

泣き面に仔山羊のひづめ　ほろほろと春の野山を帰りゆくなり

チョコレートの銀紙透けて寂しいのは社交辞令の得意な子ども

かなりあの遺体のやうに恋人をタオルケットで包んでをりぬ

鉄琴の上に降る雨　許す前に許されてゐる苛立たしさは

曇つたら違ふあそびをしませうよ　しづしづと顔寄せてくる犬

胡麻豆腐ちびちび食べて好きなものばかり歌つてしまふ寂しさ

幾重にも閉づるカーテン　風止まば風の話題もやめて眠らむ

「長靴を買って帰ってください」と頼んでみたしひとよに一度

三月と四月をつなぐ階段で立ちどまる妹の点滅

似たもの師弟

仮面をつけよ、家庭教師となる夜は知つたかぶりに目鼻を書きて

我も知らぬ英作文の楽しさをイエスのごとく説きぬ　目を見て

先生もとてもねむたいさあ今日はアリスが卵と会ふところから

タイムウォッチきつぱり押して書かせをれば円と接線の軋みあふ音

邪魔をしに来る黒猫はこつそりと鞄に詰めてしまふ作戦

円周率下(しも)千桁を数へたる男の鬱を我らは知らず

「助さんと格さんならば格さんが可愛いと思ふ」「私も思ふ」

「男の子は馬鹿ばつかりで強いて言へばキリンに似てる子が一人だけ」

グランドピアノの下に隠れし思ひ出を持つ者は目の光でわかる

「先生今飼つてる犬を叱るやうに私のことを叱つたでせう」

風の吹いた日・裏　２００１・９

事ありて　鉄塔ひとつ立つのみの深谷基地にも来る偵察機

鉄塔のまはりに光る草原よ　犬の散歩は禁止となりぬ

シェパードのあくびのやうな飛行音に心を支配されてゐる夕

地下室があるのださうよねこじやらしじやらじやら群るる野原の下に

撃ち落とすための飛行機に父を乗せ我も乗り込む夢を見たりき

水色の雲掃き流す高き空　ダルメシアンはおそれてゐたり

公園墓地の雪

町中の犬どもに分け与へたるウインク光りだす冬の朝

鬼茸（おにたけ）のやうな子供が通学路逆走しをり忘れものして

バレエ団が空港を発つ時刻かな空（から）の浴槽からりと光る

駆け足に飽きてしまへばぱぱたぱたと横断歩道折りたたむべし

耳を痛めて休職中の市議長が公園墓地の雪を見に来る

鶴よりは亀に似てゐてかさこそと何か書くなり書斎の姉は

ビルの窓すべて開きてびしよびしよになつた名刺を一列に干す

流星の重さを確かめるやうに煎り豆投げてゐる日曜日

もう苛めないよと呼べば押入れからうつむきながら鬼が出てくる

今日は高きくしやみが聞こゆ　春先は交互に風邪をひく祖母と祖父

しゅんしゅんと南の風の迫る午後　柳の芽など見て泣くもんか

茨海（ばらうみ）書店店主と出会ふ

3月　茨海書店店主に別れを告げる。

枝垂桜に真っ赤な睫毛　見上げてはまた歩み去る一人のための

教科書を売りて別れを告ぐるとき古書店店主しづかに笑ふ

みんなみの風が吹いたらみんな飛ぶ鳩ホッチキス花びらふたり

2月　茨海書店店主が深夜の電車に乗つてゐる。

遠い席に金縁眼鏡見えてゐて今宵は声をかけそびれたる

1月　茨海書店店主より25回目の電子メール。

水仙も微かに首を縮めをり窓凍りたる古書店の冬

恋人が出来ましたかと尋ねくる返信遅き我を恨みて

「店の方は相変はらず閑古鳥すら鳴きません」

雪を採りに行つたのだらう入り口に一時不在の札かかりたり

12月　茨海書店店主の発見。

嬉しさうに報告されてゐたりけり「薔薇（ROSE）とエロス（EROS）はアナグラムです」

レポートの締め切り近き図書館でじりじり読んでゐるトルストイ

寝ぼけて打てば恋文に似てくるメール　ですます体の少しほどけて

空の咽喉にカシオペア座は引つかかり　明日から早寝早起きをせむ

11月　茨海書店店主の所へは、一人で行くことが多い。

「貴女の大学では駅前の文学頑固親父と噂されてゐるさうですが」
二冊以上買ひたる人の特典は黄金のどんぐり摑み取り

一生に三たび使へば良い方のタイ語辞典を買つて帰りぬ

シャッターを叩いて君を起こしたし電信柱ひかる夜更けは

10月　茨海書店店主とピクニックに行く。

たて笛の重奏似合ふ武蔵野へ来て我先に拾ふどんぐり

ちりちりと痛む指　君は満開の金木犀を褒めすぎてゐる

野球選手が野球を辞めてゆくやうな夕べ中央線を待ちつつ

月光の色の髪持つ男なり席を譲れば少しいぢけて

9月　茨海書店店主とメール交換をはじめる。

又三郎駆け抜けてゆく速さかな夜毎に電子メールは届く

「〈店主様〉はおやめください〈天子様〉に聞こえて恥づかしいのです」

ピッチャーをしてゐたといふ昔むかし樺の木のある広い野原で

郭公（くわくこう）の歌さびしくて（お返事を）くわくこう（お待ち）くわくこうくわくこう

まだ青き林檎に耳を当てをればひとすぢの汽車北へ行く音

8月　茨海書店店主と会はずに過ごす。

7月　茨海書店店主は多趣味である。

枝豆の豆飛び出して夏休み今日は日陰を選ばずにゆく

ＢＧＭとしては少々派手すぎて店主のギター生演奏は

スペインの映画なりしかオレンジを急いで拾ふ少年の影

誰のこともさして恋はずに作りたる恋歌に似て真夏のうがひ

6月　茨海書店店主の作つた詩を読ませてもらふ。

「店主と言つても、店員は私一人です」

暗みゆく空より我に垂れかかるのれんサイレンしづかなる雨

夕立が世界を襲ふ午後に備へ店先に置く百本の傘

傘のほね広がるときのうつくしさ　詩の事ばかり話して帰る

5月　茨海書店店主にコーヒーをご馳走になる。

星めぐる歌うたひつつ棚の上の薄き埃を拭へる人よ

お気に入りのお客に出してゐるのですコーヒーサイフォンくつくつと鳴る

「近ごろ文学を語れる学生がなかなか見つかりません」

ブラインドに藤棚映り書評でしか知らない本のやうな明るさ

仔だぬきのやうな眼をした少年が料理の本を買ひに来る午後

4月　茨海書店店主と出会ふ。

ベートーヴェンがコーヒーを飲み忘れた日広野に春は始まつてゐた

〈いまどき手動ドアですどなたもどうかお入りください〉

花びらの残骸積もる路地ありて真昼ちひさき古書店に入る

書棚より賢治の詩集抜き取れば古書店店主しづかに笑ふ

つづく

「また会ふ」と君が言ひたるところから菜の花色に変はりゆく夢

あとがき

思いがけず、第一歌集の新装版が出ることになった。「現代短歌クラシックス」シリーズなのにさほどクラシック感がなくて恐縮だが、長く入手困難になっていた本が新たな装いで世に出ることは、作者として素直に嬉しく、とてもありがたい。

初版は、私が大学を卒業した二〇〇三年の晩秋に、風媒社より刊行された。Ⅰ章・Ⅲ章は大学時代に作った歌、Ⅱ章には比較的古い時期（主に高校時代）に作った歌に加えて、小中学校の思い出を題材にした連作を入れた。いずれの章も制作順には拘らず、自由に構成し直してある。

改めて読み返してみると、なんとまあ若かったことか、と気恥ずかしくなる部分と、この頃から全然進歩してないな、と愕然とする部分がある。今回見つけた旧仮名遣いなどの間違いは、こっそり訂正した。まだあるかもしれない。ないことを祈る。

初版刊行時には、荻原裕幸さんに歌稿を細かくチェックしていただいた。千葉聡さんには、出版に関わるあれこれについて親身にアドバイスをいただいた。また、初版には著者によるあとがきのほかに岡井隆さん、水原紫苑さんによる栞文が付いていたが、シリーズの特性上、やむなく割愛させていただいた。短歌結社に所属することもなくふらふらと活動していた私に、どれほど多くの方たちが手を差し伸べ、道を示してくださったことか。改めて、皆様にお礼を申し上げたい。

新装版刊行にあたっては、書肆侃侃房の藤枝大さんに大変お世話になった。シリーズ全体のブックデザインを担当されている加藤賢策さんには、身に余るスタイリッシュなカバーをデザインしていただいた。本当にありがとうございました。そして、配信サイト note に「石川美南の第一歌集『砂の降る教室』が読みたくても簡単には読めない」という記事を書いてくださった森慎太郎さん（Q短歌会／第三滑走路）はじめ、『砂の降る教室』を手に取りたいと言ってくださった方々、ありがとうございました。やっとお届けすることができます。

二〇二〇年六月

石川美南

本書は『砂の降る教室』（二〇〇三年、風媒社刊）を新装版として刊行するものです。

著者略歴

石川美南（いしかわ・みな）

神奈川県横浜市に生まれる。同人誌ｐｏｏｌおよび［ｓａ：ｉ］の他、さまよえる歌人の会、エフーディの会、橋目侑季（写真・活版印刷）とのユニット・山羊の木などでふらふらと活動中。

２００３年、第一歌集『砂の降る教室』刊行。その他の歌集に『裏島』、『離れ島』『架空線』『体内飛行』がある。

最近の趣味は「しなかった話」の蒐集。

現代短歌クラシックス02

歌集　砂の降る教室

二〇二〇年八月四日　第一刷発行

著　者――石川美南
発行者――田島安江
発行所――株式会社 書肆侃侃房（しょしかんかんぼう）
〒810-0041
福岡市中央区大名2-8-18-501
TEL 092-735-2802
FAX 092-735-2792
http://www.kankanbou.com　info@kankanbou.com

ブックデザイン――加藤賢策（LABORATORIES）
編　集――藤枝大
DTP――黒木留実
印刷・製本――亜細亜印刷株式会社

ISBN978-4-86385-406-2 C0092